KB178476

푸른사상 시선 164

이별 후에 동네 한 바퀴

푸른사상 시선 164

이별 후에 동네 한 바퀴

인쇄 · 2022년 10월 24일 | 발행 · 2022년 10월 31일

지은이 · 이인호
펴낸이 · 한봉숙
펴낸곳 · 푸른사상사

주간 · 맹문재 | 편집 · 지순이, 김수란, 노현정 | 마케팅 · 한정규
등록 · 1999년 7월 8일 제2-2876호
주소 · 경기도 파주시 회동길 337-16(서패동 470-6) 푸른사상사
대표전화 · 031) 955-9111(2) | 팩시밀리 · 031) 955-9114
이메일 · prun21c@hanmail.net /prunsasang@naver.com
홈페이지 · http://www.prun21c.com

ISBN 979-11-308-1962-4 03810
값 10,000원

푸른사상 시선
164

이별 후에 동네 한 바퀴

이인호 시집

| 시인의 말 |

그리하여도 결국

사랑이 우리를 구할 것이다

—민, 준, 림에게

2022년 10월
이인호

| 차례 |

제2부 아무도 해치지 않은 저녁

제3부 자기 신발을 보고 우는 사람

제4부 그늘이 그들을 만나던 날

제1부

밤새 방의 창을 닦아요

단련

우리는 거짓말을 하면서 튼튼해집니다
폭풍우가 칠 때는 집의 방향을 바꿉니다
자꾸 움직이면 실력이 늘긴 합니다

허리가 단단해지는 법을 배웠습니다
이별은 허리로 하고
돌아설 때 몸이 무너지면 안 됩니다

방향을 바꾼 집들은 모서리로 폭풍을 흘려보냅니다

거짓말처럼 맑은 하늘이라고
폭풍이 분 뒤에 당신은 얼굴을 돌렸습니다
파란 하늘이 뭐라고
빚을 빛처럼 이고서 웃었을까요

허리가 단단한 집을 지었다고 했지만
우리는 거짓말을 이해하면서 튼튼해집니다

여기부터 미래

내 게으른 방에는 뾰족한 창살들이 엉성하게 붙어 있다

시간에 손대기 위해 찔릴 각오가 필요하지
너는 눌어붙은 장판 위에서 제법 그럴듯한 미소를 지었다

오늘을 찾기 위해 어제 덮은 이불을 걷어야 하는 무거움을 네가 아니?
하루가 길지?
하루가 길다
고 대답하는 공원
바닥을 배회하는 수국의 무리처럼
좁은 보폭으로 나누어 인생을 사는 노인들이
요구르트를 마신다

아무것도 하지 않았는데 때가 되면 배가 고픈 건 진화의 유물

저 빈 벽을 뭐로 다 채울까 하다

갇힌 그림자들로 그림을 그린다

나보다 더 잘 달리는 검은표범과
나보다 헤엄을 더 잘 치는 흰돌고래와
나보다 더 잘 매달리는 긴꼬리원숭이를

내 창으로 빨대 꽂는 해에게
오늘도 쪽쪽 빨리는 나는 게으른 방을 깨운다
요구르트 먹고 싶어
응? 응.
그게 뭐라고
쓸모없다고 허물어버린 오늘을 다시 세워야 하나?

하루 동안 진화한
나는 나를 그릴 수 없고
남아 있지도 않은 요구르트를 빨아대는 노인들

공원이 보이는 반지하 방에서
오후의 햇빛도 어김없이 나를 쪽쪽 빨아댄다

반의반

당신에게 매달리는 동안
사랑이 잔뜩 빠져나갔다

부대끼며 튀어 오르던 파도에 잠시 홀렸나
너에게 저곳이 내가 떠나온 고향이라고 했고
넌 동향 사람이라고 즐거워했다

바다가 고향이라는 말은 사실 절반만 맞는 말이다
내 고향은 나라서
나를 벗어나본 적이 없는 나는
한 번도 고향을 떠나본 적이 없다

난 걷는 게 두려웠고, 넌 취하는 게 두려워서
얼었다 풀리기를 반복하며 우리는 적당히 앙상해졌다

벌판에 핀 벌노랑이 이름이 떠오르지 않아서
난 노랑이 들어간다고 했고, 넌 벌이 들어간다고

그렇게 우리는 서로에게 절반씩만 들어맞았다

그래서 내가 당신에게 매달린 줄 알았는데
내가 당신을 매달고 있었다

오후의 빛이 붕붕거리며
야하게 날았다

기술을 배우는 게 좋지 않을까
무슨?
너는 불꽃이 사방으로 튀는 용접 일을 떠올렸다
나는 레슬링에서 상대를 단번에 제압할 수 있다는 기술을 떠올렸다

우리는 서로에게 절반씩만 들어맞았다

놓친 후에 알게 되는 것들

생각하지 못했던 소식을 끓여요 우리의 한때가 보글보글 익어가고 잘 익은 수런거림을 호로록 들이켜면 간이 잘 맞은 그리움으로 땀이 맺힙니다

지난겨울에 담근 김치가 매콤하게 맛이 들었어요 스며들기 위해 보낸 시간들이 불쑥 찾아 들었습니다 냉장고를 열 때 조심해야 합니다 넣고 잊어버린 것들이 구석에서 말라가는데

그걸 부득이 상징이라 부르기도 합니다

싱싱한 것은 냉장고에 없죠 싱싱해지기 위해 텃밭에 상추를 심을 땐 뿌리를 떠올려요 바람을 견딜 수 없을 때 뿌리의 온도가 폭발해요 다 드러내고 말라가죠 이번 생도 실패라 당신이 바람을 겨눴다고 핑계를 대듯이 상추도 못 자라는 텃밭을 상처라고 부릅니다

바닥을 보기에 국물이 너무 짰나요? 금세 익어버리는 라

면이 싫어서 쉽게 퍼지는 햇살을 가리려 암막 커튼을 샀어요

놓치고 싶어서 놓칠 수 있는 사람은 실력이 있습니다

나는 두꺼운 커튼을 치고 냉장고를 열고
계란을 꺼내려다 그만 계란이 손에서 미끄러집니다

유감스럽게도 당신과 보낸 시간은 공간의 구조를 따릅니다
마치 냉장고처럼
냉장고 안 계란처럼
끝과 끝이 닿을 수 없는 궤적에서
놓친 건 누구도 아니에요

우린 서로를 안고 폭발했을 뿐이잖아요

검은 창을 닦는 밤

밤새 방의 창을 닦아요
창은 어렵게 떠나가고 있는 사람
울음을 숨기기에 적합하지만 눈물을 속이기는 어려워요

시베리아에서 유리를 만드는 사람
눈물로 창을 만들면
아침마다 순록이 찾아와 창을 두드린다고

종루가 있는 성당에서 넌 스테인드글라스에 비친 빛 그림자로 성당 벽에 그림을 그렸다는 화가의 이야기를 들려주었지요 해가 떠야 드러나는 그림에 난 눈물을 흘리고 넌 흘린 눈물을 수거하고 눈물샘이 마르지 않게 화가의 슬픈 일만 떠올렸습니다 다행히 상상하기 쉬워서 금세 눈물을 채울 수 있었습니다

네 눈만 가져가고 싶어
그렇게 차가운 고백은 처음

네가 떠나가는 창문 많은 방에는 이해하기 힘든 소문만

비칩니다 우리의 눈물은 전염되고 있고 눈물로 조금씩 가라앉고 있다는 이야기 더 이상 탈 것이 없을 때까지 타들어가고 있다는 너의 고향 같은

풍경보다 눈물을 무서워하며 창을 닦습니다
닦아내는 속도만큼 끝이 가까워지는 줄 알았는데

우린 증상을 공유하고 메시지에 익숙해집니다 알람은 더 이상 자극적이지 않고 소름은 나에게서만 일어납니다 더는 이해 불가능한 일이 없을 정도로 사라지는 것들로 차오르는 걸 봅니다 해가 떠야 벽에 비친 그림을 이해하는 건 밤을 사는 사람들에겐 이해할 수 없는 일입니다 누군가 이해할 수 없는 일이란 얼마나 슬픈 일인가요

밤을 넘어
아침을 수습하며 다가온 순록의 눈

검은 눈의 풍경이 검은 눈물로 만든 창에 비칩니다
울음소리는 들리지 않습니다

이별 후에 동네 한 바퀴

자주 가던 미용실이 문을 닫았다 이발을 하려다 이별을 했고 걷다 보니 사과밭이었다

아침의 사과는 톡톡 노크해도 잘 떨어지지 않았다 차라리 계세요라고 물었더라면 저절로 떨어지는 건 피할 수 있었을 텐데 저녁의 사과는 사과나무에 매달려 가까스로 종말의 의미를 읽어간다 익어간다는 것은 종말에 대한 예의를 갖추는 것 그날 밤 너는 만남에도 이별에도 예의를 좀 갖추자 했다 작작 나무 긁는 소리가 너머에서 들렸다

우리가 만남에 대해서 예의를 다하고 있을 때 이제 막 애인은 구멍이라고 했다 나는 양말이라고 했다 구멍 난 양말이어서 우리는 누군가에게 초대받는 일이 두려워 서로만 초대했다

– 보고 싶은 사람들이 보고 싶다는 마음처럼 사라져
– 망막과 눈꺼풀 사이로 잘못들이 달아나고 있어

종의 기원

빙하가 녹고 사과밭이 물에 잠기고 사과가 둥둥 떠다니는

지금도 사라지고 있는 어떤 종들에 대해 얘기하며
미용실을 지나고 사과밭을 지났다

잘못을 했을 때 숨을 참으면 조금 용서받는 기분이 들기도 한다고 신발을 벗은 넌 튀어나온 엄지발가락이 두더지 게임의 두더지 같다며 웃었다

형광색 조끼를 입고 쓰레기를 줍는 사람들
보인다
안 보인다

지친 우리는 조금 더 앉아 있자고 서로에게 기댔는데
보이는 것과 안 보이는 것 사이에 눈금처럼 앉았던 우린

종의 구분이었을까?

스스로 눈금이 돼버린 난 동네를 걷기만 한다

아인슈타인에게 보내는 농담 3

온통 아찔한 향기뿐인 방에 앉아 있습니다 우리가 잘 아는 물리학의 법칙이 이 방을 자주색으로 꾸미고 있습니다 자주 이전의 자주를 궁금해하면 오래된 항성이 폭발하듯 문이 폭발합니다 자주색이 빨려 들어가고 향기가 빨려 들어가고 문 뒤의 사정도 사라집니다

빼먹지 않고 날아오는 고지서처럼 자주 이야기했지만 연체되던 대화
넌 따뜻했고 난 떳떳해서 우린 번갈아 스투키에 물을 줬습니다

뿌리가 썩을 무렵
적당한 수분과 빛을 윤기라 부른다는 걸 알 수 있었습니다

윤기는 기억과 닮아 있고
잊힌 기억을 되살리는 데 한 움큼의 물방울을 지출하고 쥔 물방울이 빠져나가는 동안 젖어가는 건 습관입니다

우린 습관처럼 자주 스투키에 물을 줬습니다
(두 주에 한 번 듬뿍)
친절한 설명은 너무 친절해서 자주 잊어버리게 됩니다

너는 일곱 살에 친절한 사정을 잃고 자주색 방에 갇혔습니다

폭발하는 문틈으로 새어 들어오는 빛
그 둘레는 사건의 지평선이고 그곳에서 모든 사정들은 사라집니다

겨울이었고 너는
고지서의 동그라미가 네모에 더 가깝다고 키득키득
나는 들어갈 수 없는 네 방문을 닮았다고 키득키득

누구도 돌봐줄 사정이 없어 윤기를 잃은 우리는 빛의 속도를 따라잡기 위해 동면을 준비했습니다 다행히 잠들어 있는 동안 현관문을 두드리던 사람이 있어 전등이 켜졌고

동그랗게 휜 문이 폭발했습니다

문은 사정들이 사라지는 블랙홀입니다

따뜻한 스투키도 떳떳한 사정도 모두 없어졌지만
방은 여전히 자주색입니다

호수 의자

하얀 싸개 위
후두둑
떠밀려오는 밤

창백해진 모습을 숨길 수 있어서
은사시나무처럼 밤이 좋았다

작은 침대 위
태어나지 못한 아이의 사진을 보며
서로의 윤곽을 조심스럽게 문지르면
자라나던 머리카락들

지구는 따뜻한 게 위험하다는데 따뜻해지는 걸 어떻게 위기라고 부르지

네가 귓불을 덮은 머리카락을 들어 올리며 속삭이자
적도에서 달궈진 바람이 등줄기를 타고 솟구쳤다

자궁이 차가우면 태아가 자리 잡기 힘들어요

추위를 많이 타던 너에겐
주름이 아니라 물결이어서 고요를 따라 선명해지는
그건 아주 묵직한 위로

숱이 많아서 숲으로 달려들던 저녁
꼬리에 불을 매단 짐승들이 하늘을 날아다녔다

불타는 숲에서
우리는 위로를 뒷받침할 수 없었고
불길이 지나간 자리가
단정하다고 말하는 사람이 있었다

앉을 때 풍덩 소리가 나서 불현듯 떠올랐고

의자에서 일어설 때
몸이 모두 젖어 있었다

들 안의 뜰

그해 겨울은
어울리는 외투와
포근한 입장을 가지고 찾아왔지요
무작정 걷는 것만으로
들 안에 뜰이 가득했지요

바람이 잎사귀를 벌리는 새벽까지
우리는 조금씩 따듯해졌던가요

빛바랜 눈길로 어둠을 토닥이는
어느 외등 아래였지요
당신이 손으로 툭
내 입술을 건드리고 돌아섰을 때,
어린 염소는 길을 물고
길은 염소를 가두려 몸을 틀었어요

영영 들키지 말아야 할 것을

등 떠밀지 않아서 더 초조해진 길모퉁이는

마냥 어렴풋한 자세로 흘러내리기만 했나요

별에도 순서가 있어서 먼저 떨어진 별이
좋은 시절을 살아냈을 테죠

난 아스피린으로 충분하지 않은 시절을 견뎌내요
가끔 방향 지시등 대신 와이퍼를 움직이죠
닦아낼 것이 없을 때 투명한 잘못이 소리를 내요

어떤 새벽의 안부는 달래는 손길 때문에
더 빨갛게 부어올라서 무작정 내버려두죠

여기 없어서 차라리 다행이라고
등 떠밀지 않은 나를 다독여요

우린 가까스로 풍경의 기준이니까요

폭우

어젯밤 폭우로 당신에게 가는 길이 사라졌다
다행이라고
조금씩 지쳐가는 중이었는데
빈 메아리처럼 재난 문자가 울렸다

때늦은 흉터를 드러내는 자작나무 숲에서
당신은 빗물을 쓰다듬었다

사람들은 폭우가 할퀴고 갔다고 했다
난 당신이 다녀갔다고 했다

빗속에 남겨진다는 건
빗줄기를 가지는 거라고

우린 축축한 꿈에서 깨어나
물웅덩이에 비친 우주의 귀퉁이를 보았다

우리는 태초의 폭발로부터 얼마나 멀어졌을까?

난 아직도 이해하는 중이다
모든 일에는 목적이 있다는 오해

사라진 길은 곧 이어질 테고
나도 무작정 당신에게 가보는 중이다

그저 구름의 무게가 궁금했을 뿐

스치는 것들로도 집이 된다고 지난밤
집을 태워먹은 사내가 버스정류장에 누워 있다

타들어가는 집을 어쩌지 못해
통증이란 그렇게 손길에 잡히지 않는다고
목젖을 따라 흘러내린 눈물이
물사마귀처럼 가슴에 맺혔다

우리는 버스를 기다리는 중이었다
집을 하나 얻자고 했고,
그 집에서 아이가 생길 거라고
시간이 되면 버스가 도착할 거라고

남자는 기다란 의자에 누워
발만 까딱까딱
슬리퍼의 무게를 쟀는데

그저 구름의 무게가 궁금했을 뿐

병원 흡연실에 모인 슬리퍼
바닥 해진 구름 타고
지구를 한 바퀴 돌았다

흘러내리며 시들해지는 비

우리는 좀 더 진한 커피를 원했고
집이 타들어가는 걸 보지 못했다

집과 함께 남겨진 사람은 애써 기억에서 지울 뿐

우리는 쉽게 목젖을 따라 움직이고
누군가에게 조그맣게 남겨지는데

물사마귀는 그게 자신이다

밸런스 게임

중고서점에서
너 같은 나
나 같은 너
를 만났습니다

오지 못할 사랑과
오지 않은 이별이
한 입술 안에서
입술이 없는 목소리처럼
책장을 넘깁니다

내가 사랑하는 너와
네가 사랑하는 내가
여러 손을 거쳐왔습니다

정말 손가락이 스스로 미칠 수 있나요 그건 가벼운 오타처럼 흔하고 우리는 오래된 식당의 메뉴판처럼 이미 틀린 걸요 그건 그냥 벌어진 일이고 순서를 따랐을 뿐입니다 방

심해서 찾아온 합병증처럼 객관적입니다

넌 어때? 괜찮아
이건 미쳐버린 손가락의 이야기
줄을 바꾸고 문단을 나눌 수 없습니다
신경 쓰지 않으면
왼쪽 뇌와 오른쪽 뇌가 번갈아가며 비웃습니다

우린 오래 살아남을 수 있을 거라고 여백을 옮겨 적습니다 자꾸 시신경이 마비되는지 문장들이 아파옵니다 왼손은 사랑을 오른손은 이별을 씁니다 아픈 게 어떤 단어인지 알 수 없습니다

읽지 않고 오거나 읽혀지고 오거나
중고서점은 늘 떠나온 책으로 가득합니다
우리 같은 책에
당신과 다녀온 도시의 항공권을 꽂아두고 손가락을 살펴봅니다

손가락은 그럴 수 있겠구나

왼손과 오른손을 가지고
누군가 옵니다
당신인가요?

지독한 사랑

당신 곁엔 항상
틈이 있다
나는 어색한 모습으로
틈에 틈을 넣어
틈을 메웠다

그만큼

다시 틈이 생겼다

이해는 오늘의 일

소년과 소녀는 지하에서 만났다
전쟁 대피 시설로 지어진 도시의 지하는 전쟁터였고
두려운 건 고양이와 햇빛, 지나치게 두근거리는 맥박
위험한 슬픔들이 밤쥐처럼 이사를 다녔다

복도를 마주한 서로의 방에서
소녀는 웃음 같은 담배를 피웠고
소년은 밧줄 같은 술을 마셨다
가끔 웃음을 타고 밧줄이 내려오면

배를 바닥에 깔고
등을 바닥에 깔고

소년과 소녀는 벗겨진 문턱 페인트처럼 웃었다
아이를 낳는 건 지저분한 짓이라고
문턱이 닳도록 미친 듯이 깔깔깔

젖과 좆이 흔들리고 우리만 인류에게 도움이 되는 듯 평

화로워서 한 방에 모인 피난민처럼 서로의 허리를 꺾고 젊어진 짐을 쳐다봤다

난 사람 안 믿는데 넌 매번 믿더라

소녀가 꼭 필요한 것들만 가지고 떠났을 때 소년은 저절로 움직이는 시간이 두려워 어제처럼 말하고 어제처럼 살았다 이해는 오늘의 일이어서 아주 오지 않았다

서랍에 있는 봄

당신은 어떤 사람이지 키가 조금 큰 편이고, 얼굴도 조금 까맣지 팔다리는 가늘어서 하늘거리고 입술과 손톱은 유난히 파란

아니지

당신은 가슴에 이케아에서 만든 빨간 6단 HELMER 서랍장을 숨기고 있어 당신이 잠들면 난 빛나는 철제 손잡이를 잡아당기지 누가 만들어서 넣어준 서랍장일까? 당신은 뭔가를 조립하는 게 영 서툴잖아 막상 거기에 무엇이 있을까 궁금해하며 열어보면 유난히 하얀 약통에 담긴 디아제팜과 비타민과 마그네슘이 가지런히 놓여 있어 그건 청색증엔 어울리지 않는데 다른 진단을 하고 같은 처방을 하는 머뭇머뭇 이별은 누구의 아픔일까? 아랫배를 열면 다시 서랍인 당신을 쓰다듬어본다 감춘다고 생각했는데

누구에게나 주워 담지 못할 사랑이 있구나
버려야 할 것은 결국 조립한 사람이었나?

서랍은 공간을 구간으로 나누고 구간을 다시

어찌할 수 없는 시간으로 구분합니다

분명 봄이었어요 자목련이 피었고 문제는 아껴 써버린 계절이었습니다 커피 머신이 먼저 고장이 났고 변비가 찾아왔습니다 애인 있어요라는 질문을 애는 있어요라고 듣고 계절에 기분을 맞춰버린 봄봄 토끼를 이겨버린 이상한 거북이처럼 걷고 또 걸어서 당도한 낯선 격정이 신기했습니다

그럴듯한 지층을 이룬 공간에서 다시 시작해요 불안한 기초가 기도로 간절한 기도가 기초로 바람을 집어넣고 툭툭 두드리면 사랑 따위 그럼 좋은 거 먼지를 털고 더 많은 꽃가루가 날리고 기침을 하고 체인이 끊어진 자전거는 이제 됐다는 표정으로 수리를 기다리다 빈말처럼 사라져갑니다 그렇게 기초와 기도와 기침이 한 서랍 안에서 정리되고

꿈틀거리는 봄 잠이 깰 순간이 점점 다가옵니다
조급해진 나는 당신 서랍에서 조용히 빠져나옵니다

덜컥

다 빠져나오기 전에 닫혀버리고

갇혀서 영영

사랑 따위 어디선가 굴러다니고

제2부

아무도 해치지 않은 저녁

개기월식

챙이 넓은 모자가 만든 그늘이 있고
작은 다리가 놓여 있습니다

내가 만약 다리를 건널 수 있다면 걸어온 발에 깁스를 한 채 양치식물처럼 그늘에서만 자라고 싶습니다 그늘은 복수가 없어서 그늘과 그늘은 모두 그늘입니다 너의 그늘 속에서 나는 그늘이 됩니다

난 오늘도 번식을 알기 위해 달이 만든 그늘로 들어갑니다 달의 그늘을 터득하면 시간이 차분해집니다 오전엔 잠시 속상했고 오후엔

잃어버린 일이 떠올라 잊고 지내던 이에게 연락을 했습니다 뭉친 근육을 풀며 아득하게 불안해하고 다른 일보다 다른 말을 걱정했습니다 그런 일은 좀처럼 일어나지 않으니까요 가령 숲을 떠난 나무나 나무를 떠난 숲 같은 나를 떠난 너처럼 말입니다

안부를 묻는 질문은 포자처럼 흩어집니다 대답은 조용하지만 숲을 이루기도 합니다 작은 구유에 잠겨 온종일 떠다니는 숲은 부풀려진 이야기들로 가득합니다 서어나무가 달빛을 훔쳤다니요 훔친 게 아니라 품었을 뿐입니다

길을 잃은 사람들이 다리로 기어가고
그늘만 산책하는 뱀이 축축하게 젖어 있습니다

적절한 억양의 침묵은 생각보다 많은 결론을 이끌어내고 여름의 숲엔 작약을 기르는 뱀이 살고 있습니다 작약은 몸을 숨기기에 좋습니다 누구도 꽃의 뒤편을 궁금해하지 않습니다 오랜 친구는 꽃밭에서 발견되었습니다 다행인 것은 꽃보다 높이 솟아 있었다고 했습니다

뱀은 다리 앞을 맴돌며
다리는 다리 밑이 전부라는 사실을 알게 됩니다

밤에 그늘이 질 거라는 소식을 들었지만

작약에 대한 걱정은 묻어두었습니다

그런 일은 일어나지 않을 테니까요

연가시

비틀어진 푸른 알몸
곧이곧대로 말한다면 약간 푸르스름한
살기를 띤 빛깔이 돌아누워 있다

하루를 살아낸다는 건
그만큼의 살기를 품는 것

난 커피를 내리듯 다소곳하게
살기와 삶 사이를 파고들어간다

너를 안는 순간
너는 녹아내리고 나는
살기에 중독된다

천사의 살인처럼 가장 포근한 죽음의 순간

냉정하지 못해서 흘러내린
당신의 양수에 잠겨 내 숨소리를 듣는다

아직 성별을 판단하기에 섣부른 죽음

가장 사소한 이유로 죽어가며
가장 흔한 이유로 사랑에 빠진다

흘러내린 당신에 휩싸여
나는 사라지고 사랑이 태어난다

흰긴수염고래

돌아오지 않는다
돌아갔다는 건
돌이킬 수 없는 일이라
기다리지 말라고
어김없이 평범한 부탁을 한다

육지는 고요하다고
뜨개질하는 동안
바다에 눈이 내리기 시작했다

없어도 될 일들이
없어져버려서 슬프다고

다행히 한나절만큼 멀어지는 중이고
내가 엮은 시절을
조금 넉넉하게 입어본다

우리도 언젠가 이름만 남겠지

멸종을 앞두고
문득 아일랜드에 가보고 싶어진다
윤년엔 여성이 먼저 청혼한다고

우리는 고백으로 이어지고
고백하지 않아서
열심히 물결을 짜는 중이다

기다리지 말라는 말은
부탁이 아니라 고백이었다고

내가 뱉은 숨을
내가 들이마신다

난 나에게 청혼을 한다

우리가 빨아버린 어제의 푸른 담요

어제에 이어 오늘로 주름진 기억은
꽉 짜낸 빨래처럼
탈탈 털어야 주름이 펴진다
차라리 어쩌지나 말아야지

바닷가에 가면 유난히 선명해지는 기억
내가 누군가의 습도가 되었기 때문이라고
출렁이는 수평선을 잡아본다

선 하나가 다른 선을 잡았을 때
사람들은 그 모습을 두고 결의 흔적이라고 했다

그 흔적에서 안개가 번졌고
적응을 위한 각오를 두고
우리는 잘 마르지 않는 날씨를 탓했다

비스듬해져야 불어오는 풍향을 이해해
손에 쥔 파도를 비스듬히 세운다

당신은 유난히 심드렁한 결로
파랑주의보 같은 점괘를 불러낸다

우린 언제까지 같은 구경만 하고
같은 구경을 나누며 살아야 하지

내륙에서 허물어진 무릎에
이번이 마지막이라는 담요를 덮어준다

잔잔한 평면이 제일 잔인할 수도 있어서
수평에 금을 내려 당신 뒤에 서본다

올이 풀린 푸른 담요가 팔락거리고
난 조금씩 더 뒤로 물러선다

당신이 수평선이 될 때까지

그 집 앞

잃었습니다
두고두고 지키던
그 집
갈 것은 그만 가버리고

가버리고 나면 날개는 어쩌지

약간 그런 생각이 들어
앞에 있습니다

앞을 놓고 보면
영영
없어지지 않는 주소로 남은 사람

수백 번을 고쳐 쓴 편지는 울타리
너머의 문장들이 엉켜서 넝쿨이 됩니다

알았습니다

가버리면 남는 건 앞

날개 접고 당신과 서성이던

앞만 남았습니다

파도 난민

당신을 부르는 목소리가 불빛을 받아 파도가 됩니다 거기 희미하게 새겨지는 물결이 섬을 축조하고 있습니다 퇴적된 대화의 구조를 이해하며 지나온 길을 더듬어갑니다

오늘과 상관없는 일들이 자꾸 섬을 멈추게 해서 어제 들었던 입김을 조금씩 불어넣어봅니다 카스트룹 공항에서 말뫼행 999번 버스를 타고 외레순 해협을 지나 국경을 넘어갔습니다 국경은 조용했고 아무도 나를 부르지 않았습니다 고향을 떠나야 하는 이들은 모두 해협에 있고 그래서 조금씩 넓어지는 거라고 낯선 언어의 안내방송이 들렸습니다

목소리가 살아야 할 곳을 적막이라 부른다면 적막은 누구의 가슴에 난 유적일지
멀리 흘러보며 생각합니다
오래 서 있는 모습은 순식간에 사라지는 고향인가요?

산티아고, 류블랴나, 더블린

물결이 떠나왔을지 모를 곳은 사라진 사람들로 가득합니

다 어차피 떠나야 정착하는 삶은 정착한 사람들에겐 바다 건너의 언어와 닮아 있습니다 소리는 있지만 이해하지 못합니다

릴라 광장의 야외 테이블에서 절인 청어를 먹으며 생각합니다 북해와 발트해 사이엔 국경이 없고 저녁과 밤을 나누는 것은 짭조름하다는 말을 받아들이는 거라는

광장에 앉아 당신을 이해하는 중입니다
입맛과 시간의 구분은 조금씩 다르니까요

우리는 바다에서 일어난 일들과 무관했고 조용해진다는 건 생각보다 복잡해서 절인 청어를 앞에 두고 미라를 생각했습니다 그대로 남겨진다는 건 여전히 무서운 일입니다 사라지지 않고 발굴되는 건 저의 의지와 상관없으니까요

넌 어디를 두고 떠나왔니?
광장은 낯선 나라의 말로 가득합니다만
이 말은 여전히 이해하는 중입니다

아인슈타인에게 보내는 농담 1

나무

우리 오늘은 작용하기로 해요 숲에서 바다를 이해하는 건 반작용이고 덜컹거리며 가까스로 멀어지는 건 중력입니다 떠나기 위해서 무늬는 마스크를 써야만 해요 유행이잖아요 유행 앞에서 사람들은 성찰이란 걸 해요 터무니없죠 작용할 수 없는 이들에게 성찰은 푸석푸석한 흔들림이에요 슬픔을 머금지 않은 나무 같은 거죠 뿌리부터 슬퍼서 작용하는 나무의 무늬는 얼마나 찬란한가요 그런 무늬야말로 구석까지 고스란히 알고 싶은 마음이에요 그 마음으로 흘러가고 있습니다

돌멩이

가장 단순하게 작용하는 마음을 가진 돌멩이가 바다에 다다르자 몽돌이 되었다 몽돌과 돌멩이는 달라서 몽돌은 자신의 성분이 궁금했다 약간의 염분을 가지고 있었고 염분보다 깊은 위로로 덮여 있어서 파도가 칠 때마다 약한 위로들이 떨어져 나갔다 사람들은 그걸 어제의 모래라고 불

렀고 모래는 바다로 향하는 발걸음을 늦추는 좋은 방법이었다 때늦은 선택을 준비할 때 단순한 무게를 가진 모래는 흔한 선물이었다 작용한다는 건 모래보다 작아져야 해서 발걸음이 저절로 신중해졌다 어제의 모래가 되어서야 드러나는 결심 가장 단순한 몽돌의 작용이었다

증명

물질이 알갱이로 이루어졌다는 사실이 증명되는 데 이천삼백 년이 걸렸어요 그러니 마르크스도 아직 증명이 안 됐을 뿐입니다 그렇다고 증명하려 애쓰지 말아요 마르크스가 마스크는 아니잖아요 관찰되고 느껴지는 것만으로 충분해요 다만 우리의 작용이 멈췄을 뿐 얼음보다 땅이 익숙해진 북극여우가 사막여우가 되는 일도 벌어질 테죠 그때도 마르크스가 기억될지 잘 모르겠어요 기억은 때로 지옥과 같은 구조를 가지고 있습니다 둥근 지구에선 둥근 기대는 지구의 나이와 같습니다 가장 오래된 병이고 가장 지긋지긋한 과정이죠 결국 우리는 우리에게서 흘러나가고 있어요 숲을 떠난 몽돌처럼 말이죠

아인슈타인에게 보내는 농담 2

눈물은 가장 흔한 신호입니다 해석을 두고 의견이 분분하지만 신호는 결국 떠났던 곳으로 되돌아오지요 맥락 없는 신호는 그래서 위험합니다 오늘은 오늘의 신호를 기다리는데 날 버린 당신은 어제입니다 이제 난 당신의 알리바이가 될 수 없어요 돌이킬 수 없는 대답은 눈물과 달라서 결코 다시 돌아오지 않죠 눈물과 대답은 흐름을 따르지 않는 다른 시간이에요

네가 남긴 통화 목록 손을 얹고 생각해보라지만 제 수신함은 안테나가 없어서 아직 당신이 남긴 메시지가 도착하지 못했고요 그때여 별주부는 영덕전 너른 뜰에 공손히 복지하여 여짜오되* 행성에서 탈락한 명왕성까지 전파가 갈 수 있나요 당신과 내가 함께 상상한 공간은 하늘색 탁자였나요 올리브색 창틀이었나요 촌스럽게 안테나를 세울 필요는 없어요 우린 이미 온몸이 구조 신호에 익숙한 안테나예요

최초의 이메일을 보낸 사람은 그걸 자기 자신에게 보냈지요 거기엔 단 한 단어만 적혀 있었어요 'QWERTYUIOP'

그건 이야기가 있습니다 니가 이놈 토끼냐 토끼 기가 막혀 벌렁벌렁 떨며 나 토끼 아니요* 신호는 비밀 그걸 해석하는 걸 사랑이라고 착각해요 우리는 매일 이메일을 보내고 매일 되돌아와요 매일 같은 사고가 일어나고 같은 사람이 죽습니다 물리학은 대부분을 증명했지만 결국 아무것도 돌이키지 못했지요

당신 몸속 아직 내가 알지 못하는 신호가 있어요 그래요 어떤 신호는 벗을 수 없는 누명 같아서 수신만으로 울컥해져요 지금도 여전히 돌아오는 신호들이 있어요 우 토끼를 결박하야 영덕전 너를 뜰 동댕이쳐 예 토끼 잡아들였소* 이백만 년 전 당신이 보낸 답을 듣기 위해 하루를 참아내요 얼마나 간절한 마음이기에 끝없이 출발만 하는지 알 수 없어요 모른다고 답답하지 않아서 버린 것과 버려진 것의 대화를 기다려요 기다리는 중인데 참아낸다고 착각해요

* 판소리 〈수궁가〉 중에서 인용.

아무도 해치지 않은 저녁

컨테이너와 대지의 경계 아래
틈의 시간은 다르게 흐릅니다

무게를 견디는 건 고여 있는 균형들입니다
보이지 않는 시간 속 작은 눈동자들
촘촘한 공간과 신성한 시간 속으로 찾아들었습니다

우연한 사실을 들여다본 이들은 틈으로 먹이를 갖다줬습니다
강아지들은 겸손했지만 어미 개는 좀처럼 나오지 않았습니다

다만 우연의 경로 바깥에서
정해진 운행을 하며 물결처럼 흔들리는

별과 별의 아이와 별을 따르는 이들

'어린 강아지들을 반려동물병원에 맡겼습니다.'

신은 누구의 편도 아니라 단지 무심할 뿐이지만
인간은 경계의 불안과 균형을 의심하고
멀리 있는 별에서 증거를 찾으려 합니다

틈 앞에서 신을 향해 짖어대던 어미 개는
눈이 보이지 않았습니다

아주 잔잔한 일이라
시간에 난 상처로 공간이 조금 내려앉았고
아무도 해치지 않은 저녁의 일입니다

초신성에서 보낸 구조신호

당신 손을 쥐려다
그만 가을바람이 옷깃을 잡아
비틀거리는 갈대를 쥐었지요
바람 때문이라고 하기에
쥔 갈대에 미끈하게 번지는
농담 같은 침묵이 텅 빈 속을 채웠어요

외떡잎식물로 자라기엔
고요가 너무 둥글지 않냐고
모서리가 없어서 바다와 어울리지만
당신과 함께 걷기에
여기는 길이 너무 물러터졌어요

사방에 온통 똑같은 등장인물만 가득해요
누군가는 같은 삶에 머물러 있고
누군가는 같은 방향으로만 걸어가죠

우리가 물리학을 통해 알고 있듯이 관측된 것은 관측되

지 않은 것과는 같지 않답니다*

우리는 아무 할 일도 없어요
그저 미끄러질 뿐이죠

고요라고 이름 지은 전화번호를 저장하면
최근 발신자엔 언제나 고요만 떠요

영웅처럼 나타난 시민들이 고요를 구출해요
난 거기서 미끄러졌을 뿐이에요

* 제임스 설터의 『소설을 쓰고 싶다면』 중에서

풍경의 힘

아이와 치과에 다녀오는 길

마네킹이 입은 푸른 원피스는 원래 푸르렀을까?

아이는 울음을 그치지 않았고
의사는 짜증을 그치지 않았고
돈이 좀 들더라도 어린이 치과를 가라고 했다

잠시 서본다
잠시 서본 적이 언제였을까

바닥에 서서 마네킹을 올려다본다
서야 할 곳은 모두 바닥
바닥 아닌 곳에 잠시라도
서본 적이 있었을까

어서 가자고 아이가 손을 잡아끈다
아이를 잡은 손에 살며시 힘이 빠지고

더 세게 다리를 부여잡는
아이와 나 사이에 생긴 힘은 중력일까
아니면 반작용일까

세상을 창조하기 전에 신은 무엇을 하며 놀았을까

마른 우물에 가둔 슬픔

다시라는 말은
이미 마르기 시작한 우물

퍼낼수록 끝을 향한다

우물 아래 수맥은
궁핍을 숨기기에 적당하다

보이지 않게 흐르고
물고기의 생존을 걱정할 필요도 없다

보면 굴리고 싶어지는 슬픔을
마른 우물은 가지고 있다

아직도 떨어지고 있는 그것이
다시 튀어 오를까 서둘러 덮개를 씌운다

덮어버리면 심장을 감싼 늑골처럼 어중간해졌다

"늦어? 오늘 저녁 우리끼리 먹을까?"

우린 매일 우물을 다시 썼고, 다시 지웠다
그게 우리가 할 수 있는 유일한 기대 같았다

아껴둔 말들이 떨어지며 생긴 파동으로
우린 가까스로 가까워지고 있지만
여전히 바닥을 향해 낙하 중이다

거울

숲에 살고 싶은 바람 하나 마당에 갇힌 적이 있다

마당이 있는 집은 경계가 없어 모호했다 어디로 불어 나가야 할지 가늠할 수 없었고
웃풍이라는 이름으로 벌어지지 않은 일에 대한 누명을 써야 했다
이건 그래서 바람의 누명에 대한 이야기일 수도 있다

바람이 갇혀 있는 동안
그늘만 꽃 피우는 영산홍에 오해가 생겼고
몰래 꽂은 허공에 의심이 자랐다

집이 필요한 마당이 아이를 입양했고
집이 생긴 마당이 아이를 버렸다는 이야기
그건 오해가 가능한 의심의 일

마당은 필요한 것들을 구석에 숨겨둔다
동생과 나는 간신히 필요한 것들이었고

웅크린 겨울은 거울 같아서 우린 서로의 얼굴을 보며 창백해졌다

연탄재 작은 구멍 사이로 나무 부스러기를 넣고 안데르센 동화 속 이야기들로 불을 댕기면 재 속에서도 타오르던 불꽃들
그때 바람은 우리 입에서 흘러나왔고

형아는 왜 형아야?
미안, 그건 내가 결정한 위로가 아니야

깨진 거울을 가지고 놀며 우리는 우리가 결정할 수 없는 일들에 대해 생각했다

동생에게 비친 모습은 날카로워서
사각사각 늦은 밤이 되도록 바람의 모서리를 잘랐고
얼른 얼른 어른이 되자
쪼그라든 바람이 마당을 벗어나길 바라던 일이 있었다

시든 배추로 배추전을 해 먹는 밤

우리가 언제부터 등을 맞대고 잤지?
대답 대신 냉장고 같은 밤을 열어
시든 배추 한 통을 발견한다

같은 사무실 직원의 잃어버린 아이에 대해 얘기하지만
한 번도 보지 못한 줄거리는 싱싱하지 않다

매일 밤
우리는 냉매를 모은다
온도는 높은 곳에서 낮은 곳으로 흘러서
서울에선 서울보다 큰 도시는 없대
차가워져야 오래 싱싱할 수 있다

온기를 찾아 오르막을 오르던 손수레를 봤다
비에 젖어 갓길에 겹겹이 버려진 폐지
사투는 때로 무게를 이기지 못했다
수거되지 않는 두 줄 바큇자국 속으로 걸어가며
우리는 하품을 한다

눈물 한 줄기가 뺨을 타고 흐른다

냉장고가 있어서 다행이다
저절로 닫히는 문
문 뒤에 기대고 있는 사람은
문과 함께 느릿느릿 포개진다

등을 맞대자 온도가 흐르기 시작한다

달궈진 프라이팬에서 시든 배추가 익고 있다

화석 연대기

한참을 걷는다
걷는 것이 오래된 건지
한참을 오래 한 건지
당신이 없다는 걸
뒤꿈치가 저릿저릿해서야 느낀다

한참은 뒤꿈치가 저릴 만큼,
뒤꿈치가 저린 당신을
꾸욱 눌러 돌리면
한참이 움푹 들어간다

그렇게 눌린 자국이 화석이 되면
다시 당신을 손에 놓고 생각한다

손에 쥔 당신이 조금씩 살을 파고든다
수줍게 받아쓰기를 하던 버릇이 남아
정말 꼼꼼하게 당신을 적는다

손을 잡고 걷다 보면 때로

당신을 잊는다

잊은 당신이 손금으로 남는다

[illegible] 가면 미용실이 문을 닫았다 이발을 하려다 이별을 했고 걷다

[illegible] 살 면이 서지 않았다 자라서 [illegible] 남았더라면 지적도

제3부

자기 신발을 보고 우는 사람

[illegible]에 대해서 예의를 다하고 있을 때 이제 막 애인은 [illegible] 했다 나는 [illegible] 했다 [illegible] 난 [illegible] 우리는 누군가에게 초대받은

[illegible] 초대했다 보고 싶은 사람들이 보고 싶다는 마음처럼 사라서 [illegible] 눈꺼풀 사이로 [illegible]들이 [illegible] 있어 [illegible] 기원 [illegible] 녹고 [illegible]

바닥은 바닥이라서 평화를 모르고

바닥을 닦는 아버지 등에 올라탄다 작업복으
로 입은 군복의 질긴 얼룩이 하강 점프를 하는
저녁 빗자루로 내려치던 아버지 방구석에 내
던지던 아버지 난 아버지 등에 올라 말씀을
듣는다 바닥이 너무 더럽지 않냐? 닦아도 도
무지 깨끗해지지 않는 핏줄! 별말씀을요 치약
을 조금 묻혀서 닦으면 묵은 때가 지워질 거
예요 튜브형 치약의 가운데를 꾸욱 누르듯 엉
덩이에 힘을 주면 힘없이 움푹 들어가는 등
줄기 모든 게 용서될 때까지 잠시 기다려본다
오랜 평화의 유지자였던 아버지 소유를 초월
해 환대를 실현했던 아버지 엄마야, 누나야,
강변 살자 이 시가 왜 좋은 줄 아니? 아빠가
없어서야 다 쓴 치약 같은 아버지 등에 앉으
면 조그만 무게에도 쉽게 휘어지는 척추 상처
를 닦기 위해선 먼저
무릎을 꿇어야 한다

기슭이라는 페이지

강의 가장자리는 숲의 가장자리

굴곡진 줄기가 어김없이
낡은 사전의 귀퉁이를 적신다

유속이라는 단어 앞에서
숲은 기슭이라는 페이지를 가진다

속도를 가진 페이지가
그들의 목을 잠기게 했을 때
옷은 맨살의 가장자리가 되어
부둥켜안은 채 떠올랐다

죽어야 물 위로 떠오르는 단어

이름도 없이 숫자로 기억된 채
사전의 가장자리에 엎드려 있다

맨살에 번진 난민이라는

단어를 읽으려 강폭을 가늠한다
저것은 사전을 가지지 못한 단어

가장 적나라한 단어는
페이지를 가지지 못한다

박새는 언제 잠자나요

층층나무 그늘에 박새 한 마리
온 힘으로 가지를 오릅니다

부리로 잎맥의 주소를 콕 확인하고
한껏 발을 내딛습니다

푸른 잎사귀로 둘러싸인 집을 가지고 싶은데
잎사귀들이 자꾸 그늘을 뱉어냅니다
밤이 돼도 사라지지 않는 그늘은
거부할 수 없는 주문입니다

그만 그늘에 엎어진 박새
한때를 흘려서 부들부들 떱니다

뿌리는 오래됐습니다만
꽃 피는 것은 한때입니다

주문과 주문 사이를 질주하느라

자주 때를 놓칩니다
놓친 때는 다시 오지 않습니다

반은 자고 반은 깨어 있습니다
잠든 게 박새인지 깨어 있는 게 박새인지
이제는 누구도 장담할 수 없습니다

이게 다 날개 때문이라는데 실은
뿌리를 가지지 못해서 부리로 살아갑니다

비 온 뒤

내가 잠에서 깰 때
구석도 조용히 몸을 일으킨다

구석에 살던 강이 은어 떼를 풀어놓고
아이들은 은어 떼를 잡느라
온 방을 첨벙거린다

뒷모습만으로 창을 열던 아내가
나를 통과해 아이들을 껴안는다

질 때가 다 된 수국은 흠뻑 젖은 채로
소란스런 물방울을 받아낸다

방이 강을 가둘 수 있어서 다행이다
온 테두리가 구석인 변두리에선
어떤 것도 빠져나올 수 없다
단지 잠시 잠에서 깰 뿐

어느 도시의 변두리에선

죽은 엄마 곁에서
굶주리고 있던 아이가 발견됐다

늘 축축하게 젖어 있는 아이들이
우르르 내 위를 지나친다

나는 그저 잠에서 깨어났고
깨어보니 비가 온 뒤였다

오십 개의 폴더를 가진 창

그늘이 가진 빛을 보기 위해 버튼을 누르듯 눈을 깜빡인다 나를 찍었고, 너는 찍혔다 닫혔던 화면이 열리고 서로의 고통 안에서 낯설어진다 나는 남았고, 너는 잊혔다

상처의 바깥은 평범하고 저 안은 지우고 싶은 나쁜 기억을 기억하지 않는다 다만, 들여다볼 수 있다는 건 창을 가지고 있다는 것 창을 관심이라고 부르며 의아해한다

들여다보는 것과 나 사이에 창이 없는지 기압의 차이를 가늠한다 난 오늘 죽어가는 사람들과 여전히 살아 있는 사람들 사이에서 멈춰 있었다 들여다보는 것은 대체로 흐려서 멈칫하는 순간 공포가 온다

흐릿한 사진은 점점 사라지는 투구게 지켜볼 수밖에 없었는데 지키지는 못해서 그저 보기만 했다 우리는 대부분 선명하지 않아서 살아남았다고 생각했지만, 붉은 피는 쓸모가 없었을 뿐이다

증명사진이 증명할 수 있어서 다행이라던 사람 증명할

수 없는 사진은 의미가 없어서 가장 밝은 모습으로 영정사진을 찍었다 그게 그 사람이 남긴 유일한 증명이었다

분명한 만큼 유일한 증명이 있을까 분명한 사진을 저장한다 싫은 내색을 하지 않아서 오늘은 아이가 먹다 남은 불고기를 삼켰다 많이 짰고 음식을 남긴 아이를 이해했다 분명해도 저장할 수 없는 일이란 이해할 수 있는 일이었다

다리 너머 여름

달리는 것들에게선 땀 냄새가 나
멈춰본 적 없어서 멀리 흘러왔을 뿐

굳이 지구온난화가 아니라도
비닐하우스 더워요 더워
파키스탄 노동자들이 천렵을 나왔다

달릴 땐 잘 보이지 않는 다리 아래
이국의 다리 밑이
그늘에게 그늘을 만들어주고 있다

모든 말은 어설프게 시작되고
최초의 기도는 돌에 새겨졌다

기도하듯 두 손을 모으고
첨벙
물속을 들락거린다

기도가 지겨워지면 돌탑을 쌓는다

적당한 넓이와 평면을 가진 돌들을 차곡차곡 쌓아
집으로 보낸다

솜씨 좋은 석공은
신보다 신전을 더 튼튼하게 만들 줄 안다
이제 신을 공경하던 석공은 모두 해고됐고
우린 모두 그저 그런 기술로 살아간다

평평해져야 쌓일 수 있어서
우린 계속 넓적하게 달리는 중이다

아주 친절한 아이유

보이지 않는 잠에서 미끄러진 순간
들리지 않는 잠이 두려워진 순간

계단을 오를 때면 난
미끄러지지 않으려 손톱 밑에 장미를 꽂아요
가장 부드러운 곳에 와서 박히는 가시는
적절한 타협이라는 위로처럼 아립니다

아픔을 참으며 아이유의 노래를 흥얼거립니다
노래를 불러보면 위로란 것도
결국 끈질긴 반복이라는 걸 깨닫습니다

굳이 잠들어야 하는 잠은 누구의 노래일까요
잠 속에서 난 당신과 늘 이별을 합니다

가장 옮기기 힘든 잠을 들면
아침이 흔들거려 중심을 잡기가 어렵습니다

밤에서 밤으로 이어지는 계단의 끝

미끄러지지 않으려 눈슬립 위로 걷습니다

아주 친절한 배송지처럼 당신은
익숙하지만 간단한 메시지와 흔하지 않은 위로를
문 밖에 놓아두었습니다

잠에서 깨면 항상 아침인 이유를 알겠습니다

토탄

숲에 들어가 숲에 익숙해지기까지 십 분
우리에게 주어진 시간은
나무가 석탄이 될 때까지 그 십 분

일찌감치 잘린 등걸은 이후의 모습
그건 내가 생각한 십 분

가난한 배낭처럼 웅크리고 앉아
포장도 뜯지 못한 채 남겨진 시간
누구도 일어서 뉘우칠 죄 없는
그가 사라졌을 뿐이다

우리는 그저 나무처럼 가만히 있었고
우리는 그저 나무처럼 잘려 나갔다

그건 이상한 일이었는데
나는 쓸모가 없어진 은사시나무처럼
너는 하고 싶은 게 없는 저수지처럼

겨우 줄어들거나 자주 말라갔다

이 모든 게 십 분이 안 되어 벌어졌고
우리가 석탄으로 굳어지기 전의 일이었다

뜨거워져도 타지 못하는 나무 한 그루

우리는 묻혔고
기억은 십 분이면 족했다

둥근 잠에 대한 노래

'미루나무 꼭대기에 아빠 팬티가 걸려 있네' 아빠는 보이지 않고 아빠 팬티만 보여 고개를 숙이고 잘못한 것도 없는데 흥얼거림을 잃어버린 밤이 찾아오고 가지가 된 아빠는 둥글게 누워 잠을 자요

해가 떠야 굽힌 허리를 펴는 건 펄럭이기 전과 다르지 않아요 하필이면 벗어놓은 팬티가 나부낄 게 뭐람 깃털도 모이면 따뜻해지는데 앙상한 나무에 하필이면 왜 가지가 됐는지 하필이면 아빠는

화성에서도 펄럭이는 소리가 들렸대 그건 무슨 고백 같은 이야기인지 펄럭이면 중력도 조금 벗어날 수 있을까 잎이 없는 가지는 가진 게 없어서 몇백 일을 속삭여 둥글게 굽었습니다

올라갈 곳이 없다면 둥근 잠도 없을 텐데
기댈 곳 없이 기대도 없이 사다리를 올라가던 모습이 허

공으로 이어진 도돌이표 같았어요

뻔한 구절만 흥얼거립니다 바깥에서 안으로 안에서 바깥으로 펄럭이는 깃발처럼 노래는 되돌아가지만 다시 부를 수 없는 도돌이표는 다만 다시 일을 가지고 싶을 뿐이고요 저 역시 다시 흥얼거리고 싶을 뿐이고요

산복도로를 달리는 말테우리*

말테우리 넌 너무 느린 태풍입니다 휘감아 도는 바람은 역류하는 골목을 가지고 있습니다 허물없이 들어가지만 늘 부르튼 손등만 남깁니다 스치는 것만으로 이해가 가는 굴곡은 가까워지면서 멀어집니다

우리가 어설프게 지나온 둥근 골목은 서 있기 힘듭니다 바다에서 달궈진 바람을 거스르기에 너무 가는 마음을 가지고 있어서 부러지는 것으로 불어오는 열기를 감당합니다 문득 어제의 아이였던 아이가 여전히 아이로 있는 것을 봅니다

나갈 곳이 없어 바다로 나가는 사람들에게 어두워져야 하나둘 보이기 시작하는 물병자리는 누구의 미래를 내다봤나요 여기는 방향이 없는 중심입니다

담장에서 바람을 살피던 소녀가 잃어버린 비탈처럼 어슴푸레 떠오릅니다 희미하게 다가오는 바다가 주소 없이 흘

러갈 자리를 알고 있는 건 기억 때문입니다 서로에게 멀어지는 벽은 검푸른 바닥으로 이어집니다 바닥은 바다라서 우린 늘 둥둥 떠 있습니다

누나가 만들어준 물소중이는 어디에 있나요? 잃어버린 여백이 많은 골목에선 오래 숨을 참을 수 있습니다 숨을 참으며 바다가 마지막 주소였던 사람들을 생각합니다 이제 골목의 굴곡을 기억하는 이는 이제 막 기억하기 시작했을 따름입니다

* 말테우리 : '말몰이꾼'의 제주 방언.

살얼음주의보

자세가 좋지 않데요
좋은 자세를 몰라서
오늘은 그냥 살기로 했지요

필요한 만큼 열매 맺는 일은 끝말잇기 같아요
해 질 녘처럼 게임을 멈추게 하는 말을 숨겨놓고 있습니다

연애는 열매 맺기에 적절한 자세는 아니에요 언제나 흘리지 말아야 할 것을 흘린 채 부들부들 떱니다 난 누가 흘린 사랑이라서 데굴데굴 구르려는 자세로만 있는지 구를 수 없는 걸 알면서 울타리를 치는 건 풍경의 구조를 지나친 생각 아닌가요

부들부들 떠는 모습이나
무작정 구르려는 모습이나
둘 다 좋은 자세는 아니에요

머리 위에 성긴 철사 좀 치워줄래요

키는 안 크고 등만 넓어지는데
까마귀 떼는 또 어찌나 음흉한지
허공에 대고 공기총만 탕탕 쏴대요

저게 목표에 날아갈 리 없는데
저걸 맞고 떨어질 리 없는데
헛짓은 언제나 시끄러운 소리만 냅니다

그런데 자세를 얘기하면서 뿌리가 궁금한 건 싸우자는 거지요

이상저온이 제 탓은 아니잖아요 그러게 작작 좀……

꽃은 피워드릴게요
하지만 열매는 장담할 수 없습니다

어린(魚鱗)

자기 신발을 보고 우는 사람
불쌍하데요 좋은 데 데리고 가지 못해서

정말 미안한 일은 때를 놓치는 것

제주산 은갈치가 세 마리에 만 원
짐칸 뒤꽁무니로 집 잃은 빙하가 흘러내리고

조류를 알아야 그물을 놓을 수 있지요

이해할 수 있는 물길을 들여다보면 훤하게 반짝이던 비늘들 우리는 함께 던져졌고 서로를 더 촘촘하게 매듭지었습니다
올에 구멍이 뚫린 건 순식간이었습니다 염분을 의심했지만 무게를 견디지 못했다고 의사는 때가 늦었다고 했습니다

아픈 사람에게 아픈 죄를 묻자
얼어붙은 가슴에서 부표가 드러납니다

남자는 트럭에서 내려 흐르는 물기를 닦고
여자는 보조석에 앉아 남자를 물끄러미 봅니다
어딘가 익숙하지만 실은 가까운 미래의 일

우린 그물인데 오늘은 때가 아닙니다

주저하다가 주저앉은 사람처럼
때를 놓친 빙하의 유영

우리는 신발을 보며 녹아내리고
넘을 수 없는 물길은 바닥을 적십니다

발레리나 치마를 입은 아이

내가 구매할 의사도 없는 낙엽이 한가득 쏟아지고 있었다 주머니 속 지갑에서 낯선 명함을 하나 꺼내 나무에게 지불했다 낙엽이 진 자리에 빈 연락처가 가득했다 그 밤 나는 스웨터를 벌려 그 안으로 너를 안았다 하나의 스웨터를 입은 너와 내가 이름도 없이 낙엽처럼 뒹굴었다

그 아침 다른 곳에선 비가 내렸고
강을 건너던
발레리나 치마를 입은 아이와 아빠가
낙엽처럼 떠올랐다

너와 나는 비가 내려서 스웨터를 벗어두고 다른 강을 건너기로 했다 우리는 교차로에서 잘못된 방향으로 돌았고 행방불명은 우리의 알 바가 아니라 어떤 옷은 입는 것만으로 눈물이 흘렀다

어떤 일도 목격하지 못한 우리는

어떤 보호도 받지 못한다

잊히기 쉬운 모습들은
움직이지 않는 절벽 앞에서 위험해진다

위험에 빠지기 전
우리는 매일 아침 옷을 갈아입고
나머지 옷을 모두 남겨놓고 집을 떠난다

남겨진 옷은 위험해지기 전까진 모두 남의 옷이다

혹성의 하루

잘 모르는 사람의 동상 앞에서 우리는 서로 다른 사람을 기다리고 있었다 다른 사람인 줄 알았는데 같은 사람이었을 때 넌 가출이 아니라 탈출이라고 했고 난 다만 사라지고 있을 뿐이라고 개에 대한 얘기를 했다

어떤 동네에선 개가 죽으면 그 동네 개들이 순식간에 조용해진다 그 동네를 아는 노련한 도둑들은 남의 집 담장을 넘기 전에 떠돌이 개 한 마리를 죽인다고 한다 개가 죽고 동네가 탈탈 털리는 동안 소녀는 비웃었고 나는 진지했고 다만 우리가 지금 서 있는 자리만 벗어나고 싶다고

우리는 잊히는 일에 안심하는 편 늘 그 일에 진심인 편 사라지는 중이라고

구멍으로 내려간 형은 올라오지 못했다 먼저 내려갔을 뿐인데 그게 다였다

어느 혹성으로 가고 싶니 결국 있던 자리로 되돌아올 뿐이야 우린 어차피 잠시 들렀다 가는데 어차피 모두 거기서

거기라는 거 모든 수고는 이해하는 일이야

지하와 지옥, 결국 지상을 떠받치고 있는 건 둘 중의 하나

면접장에선 훑어보는 눈빛이 익숙하게 이마에 꽂혔다 접힌 얼굴에서 빛나는 건 언제나 이마 설명은 우아했고 질문은 진지했다 다만 궤도를 잘못 설정했을 뿐 원하는 것보다 객관적인 통계가 중요했다

거절에 익숙해서 어떤 계절엔 약간 솔직해졌고 난 면접장에서 나와 떠돌이 개를 찾았다

어제는 언제 어제를 탈출하지 스스로를 달래기에도 시간이 많지 않고 우린 그저 발을 헛디뎠을 뿐이다 이제 이 별도 얼마 남지 않았다는 사실을 알고 있어서 사실에 빚진 만큼 각자에게 충실하다

잠시 후, 개는 사라졌고 우리가 익히 잘 아는 동상만 남았다

스탬프 투어

집 앞 카페에서 적립한 스탬프가 열 개를 채웠고
아랫집 아이는
부러졌던 갈비뼈가 다 붙었어요
조만간 다시 부러질 뼈라고
아이는 병원 입구에서 스탬프만 찍고 돌아옵니다

집으로 돌아오는 길 아이는
세탁소 유리창을 깨고 두툼한 옷을 고릅니다
올해는 숏패딩이 유행입니다
더 이상 잘록해질 허리가 없어서
솜사탕처럼 걸어갑니다

'참 잘했어요'
골목은 찍힌 푸른 자국으로 가득합니다

집에 들어가려면 나무젓가락처럼
반으로 쪼개져야 합니다
잘 쪼개지다 항상 머리에서 걸립니다

반은 집으로 들어가고 반은 밖에 있습니다

무엇을 알고 모르는지보다
무엇을 잊고 조용히 있어야 하는지

연골로 가득한 고양이처럼 눈치를 살피다
문 앞에 서서 상처를 핥습니다

집은 비어 있고 아직 아무도 없습니다만
그건 트릭입니다

집은 비어 있는 흉기로 가득합니다
그렇지 않고서야 그 짧은 시간 동안
그런 일이 모두 벌어지진 않을 테니까

스탬프를 전부 채운 아이는
뿔이 되어버린 뼈를 만지작거립니다

나는 다시 스탬프 열 개를 채웠고

도시의 재개발 지역에선

뿔이 솟은 아이들의 유골이 발견되었습니다

제4부

그늘이 그들을 만나던 날

처용

할 수 있는 게
용서밖에 없는 밤

달빛은 유난히 밝아서
지난 죄를 찾기에 적당했다

그늘에 든 빛이
어둠을 향해 바스라졌고
우리도 쉽게 무너져갔다

피곤해지기 싫어서라고 했지만
실은 용서밖에 가진 게 없어서
가진 것 없는 밤을 걷기만 했다

바람은 조금 차가웠고
우리는 용서를 앞에 두고 쓸쓸해졌다

사춘기

한 무리
우리를 위로하던 우리

구십 일 동안 이어지던 밤
만년설 아래 잠든 침엽수 가지처럼
적막의 한가운데서
불러내지 않으면 나갈 수 없었지

동시상영관에서 영웅본색 1, 2를
동시에 보고 나온 날이었어
옆구리가 간지러워 총을 숨겼지
하지 말아야 할 일을 들켰을 때
몸을 조금만 움직여도
탕, 탕
가슴에선 총소리가 났어
총알이 날아간 방향에 대해
우리를 위로하던 우리만 알 수 있었지

그늘이 그들을 만나던 날이었지

날이 풀리길 기다리던 날이었지
빈자리를 채워 나가며
우리를 확인하기엔
둘러싼 여백이 너무 창백했어

성냥 한 개비를 입에 물고
옆구리에 저마다 총을 품은

우리는 무리일까?
아니면 위로일까?
품은 총이 낯설지 않았지

캐치볼

아이와 캐치볼을 한다
우선은 정확히 던지는 연습을 하자
재미가 없는 아이는 그래도
변화구를 던지겠다고 기교를 부린다

아이의 손끝에서 빠져나간 공이
느린 포물선을 그리며 내게 온다
비스듬히 떨어지던 공이

아주 조금 휘어져 들어온다

아이는 환호성을 지른다
난 맞은 얼굴로 늙어간다

아이와 내가 함께 느낀
어디로 날아올지 모르는 아이의 공

변하는 게 힘들어진 내가

아이의 공을 받으며
변화구를 다시 배운다

직구는 조금 늦어도 괜찮을지 모른다

아이가 없는 놀이터엔 오후만 있고

팔랑대며 날아드는 잠자리도 성가신 오후
오후엔 갈 곳 없는 게 잠자리뿐인지
사라진 골목과 목소리가
그네처럼 되돌아왔다

놀이터 그네에 앉아 앞으로
발을 높이 들어 올릴 때
하나씩 아이들이 태어났다
허공을 가르며 떨어진 아이들
경계를 이룬 회양목 가지에 넘어질세라
조심하라고 소리를 지른다

소리가 되돌리는 건 결국 소리뿐
소리는 남고 아이들은 사라진다

바람이 아이를 낳을 때마다
반복되는 그림자에 파묻힌
이제는 쓸모없는 안부

더는 나아갈 수 없을 때
다시 돌아오는 일에 익숙해졌다

순수를 만났다면 좋았을 놀이터에서
아이를 낳으려고 그네를 탄다
아이는 낳지 못하고 그림자만 낳는다

그네에서 떠올려야 하는 건
지탱하는 무게와 날아오르려는 속도,
그네를 대하는 자세다

섬망

커튼 뒤에 당신이
커튼을 걷으면
불안한 개가 짖어댑니다

겨울의 배밭을 배회하는 병균

밖으로만 나가려는 아이들이 위험해 무시무시한 개를 풀었습니다

실종된 남자는 크록스 샌들을 신고
뒤꿈치를 가여워했습니다
익숙하게 편하지 않아서
우린 늘 출입구에서 실종됩니다

그늘에서 그림자는 없어지고
조용히 멈추면 발자국도 사라집니다*

커튼 뒤에서 풀어논 개가 그림자를 만들고

짖어대는 소리로 창문에 발자국을 찍습니다

실종된 남자는 돌아오지 않고 풀어논 개만 돌아옵니다

* 『장자』 잡편 「발자국이 싫어 달려가는 사람」 중에서

못의 탄생

벽에 박힌 못에게 묻는다
벽을 뚫은 건 너의 작용인지 반작용인지

겨울엔 방을 가로질러 매달린 줄에 빨래를 널었다

서로 다른 속옷이 걸린 채

삶을 지탱하는 겨울
나보다 더 늙어버린 내 나이도
실은 축축하게 벽에 매달려서다

이 세상에선 직업을 가질 확률보다
실업자가 될 확률이 더 높으니까
내가 태어난 것도 결국 확률의 문제였다

요즘 누가 벽에 구멍을 내지
집주인이 아니라면

벽에 구멍을 내는 것도 신중해야 한다

그러니 벽에 못을 박은 사람은 주인이었을까
주인의 이해를 구한 사람이었을까

오래된 집의 못들이
흘리는 건 눈물이었을까 녹물이었을까
나는 우연과 이해, 어느 쪽의 선택으로 태어났을까

지도 그리기

얼굴을 분리합니다

분리된 얼굴은 쉽게 떠다닙니다
날아다니는 것들은 모두 이마가 방향이라서
우리는 이마에 지도를 그립니다

지도를 이해하려면 선을 알아야 하고 우리는 하나의 선을 반복해서 새깁니다 섬의 북동쪽에 있는 흰겹동백 군락지와 주름이 지는 방향으로 복수초가 피어나는 자리

섬의 지도는 둘이 그리기에 넓지도 좁지도 않습니다

얼굴에 드러나는 기호는 백일홍처럼 굽어 있습니다
오래가는 꽃은 잊혀지기 쉬우니까
딱 백 일만 같이 살아보자고 우리는 함께 지도를 그립니다

분리된 얼굴이 하늘을 날며 지형을 살피고

방향인 이마에 기호를 그려 넣습니다

지도를 그리다 꽃에 얽힌 설화를 함께 읽습니다
이유야 여럿이지만 아름다움은 결국 머물게 된다는 이야기들
별거 없는 이야기가 가장 오래 남아 있습니다

거미가 동그란 집을 지었고 거미줄에 얽혀서
백 일 동안 아이들이 태어나고 자랐습니다

아이들은 이제 지도에 날씨를 그리고
섬은 드론이 쳐놓은 거미줄로 가득합니다

비행기는 날기 위해 바쁘고

공중을 맴돌던 비행기
멀리 돌아도 공항은
항구를 벗어나지 못하는구나
그럼 이제

고향은 누가 돌아가나

다시 떠나기 위해
우린 바쁘고
우린 훌 날아가기 위해 바쁘고

떠나가 버린 고향은 누가 돌아가나

의자가 없는 버스를 타면
보딩은 매일 주워야 하는 배웅

여름 철새가 겨울 철새에게
편도 티켓을 양보하며 사라지듯

보딩 없이 떠난 남해에선 바다가 활주로였어

이륙을 위해
우리는 매일 시를 썼고
우리는 매일 인사를 했지

머리를 숙일 때 니코틴이 뭉게뭉게

제트엔진으로 빨려 들어간 소망처럼
밤 속으로 부웅 날아갔지

시간표에 떠 있던 비행기가 착륙하면
치우기만 하는데도 밤이 모자라

우린 어제 떴는데 언제 착륙하지

다 치우면 다 꺼내면 부웅 날아가는 건
물새 떼
퍼덕거리며 끼륵끼륵 소리 지르며

기원의 기원

죽음을 두려워하며 놓인다
노선이 없어서 누구도 같이 못 했다

놓인다는 건 방향이 있다
이차원으로 해석되는 방에서 아이들은
지피식물처럼 간격도 없이 퍼져나갔다

너희들이 지배하게 될 이 세계가 너무 불쌍해
불쌍한 것보다 재미없는 게 더 무서워요

예측할 수 없는 일이란
결국 한 수 앞을 내다보지 못해서다
오늘은 멈춤 신호를 봤음에도
가장 단순한 수 앞에서 당황한다

늙어간다는 건 멈추는 일에 익숙해지는 거라고
날 막아 세운 교통경찰이 혼잣말을 했다

무시한 게 아니라 반응하지 못했을 뿐이라

가장 정확한 신호 앞에서 우린 정작 망설이게 된다

노선을 가져보는 게 어떻겠냐고 물었을 때
뻔한 길로 가는 건 재미가 없다고 했다

판을 뒤집지 못해서 아직도 장고 중이다

몸부림쳐도 판을 벗어나지 못하면
우리는 원래 있던 자리로 돌아가야 한다

그 한 수를 내다보지 못해서

논할머니 놀러 가는 길

— 박귀득전(傳)

휘어진 그녀의 몸에서 네 개의 쇳덩이가 나왔다
직립의 생이 땅과 평행을 이루고
부여잡은 뼈를 놓아주고 죽어서야 편안해진 관절

고추를 이고 장에 가야 하는데
아픈 건 무릎인데 무릎이 아프기도 전에
서방은 너무 일찍 가버려서
상복을 입어도 배가 점점 불러서
다그칠 곳이 배 밖엔 없었구나

관절이 없는 벼처럼 누워서
아직 어린 아들과 배 속에 있던 딸이 자꾸 떠올라
낳고서야 처음으로 너를 낮은 목소리로 부른다

저걸 태워야 하니
나 같은 팔자 물려받지 말게
내 가진 걸 모두 태워야 하니

하지만 화장장에서도 불타지 못한 아픈 직립의 흔적

무거워서 버리고 떠나길 잘하셨어요

논에서만 살아 논할머니가 되어버린 당신
이제야 다 놓고 놀러 간다

은하철도 999

어제 자란 감나무에서 무심코 아침을 따내요
너무 많은 아침이 열려서
햇살은 항상 걸음걸이보다 뒤늦어요
무심한 척 내질러진 길이 서두르라며 그림자를 보채요

할매
아직은 여물지 못한 둘레에 자물쇠를 채워요

고구마를 심는 건 지구를 더 둥글게 만드는 거예요
굴려야 할 모종을 얹으면 객차는 둥글게 내려앉아요
내려앉은 아이들은 모두 어디에 있나요?

무게를 가져야 탱탱하게 바퀴가 펴져요
산다는 건 보이는 것보다 둥글게 비치는 거라고
앙상한 뼈대를 통 넓은 옷으로 가려봅니다

낳는 것으로 모든 호기심을 해결한 할매

가져본 적 없어 벗어난 적 없지요

우리가 은하를 여행하는 건 모두 할매의 계획

열린 철로를 뒤늦은 아침이 밝혀줍니다

퇴근길, 능소화

겨울엔 기다려도 좀처럼
오지 않을 듯 아팠으니까

"한 번쯤 오지게 앓아봐야지"

외할머니는 아랫목을 데우듯
잘 마른 말씀으로
겨울을 버티는 법을 알려줬다

퇴근이 영영 늦어버린
어떤 새벽에는
쓰다 버린 기대 같은 것들이
갸르릉거리며 창밖을 서성였다

서성이다 돌아섰다는 건
돌이킬 수 없는 일이라
내 작은 방의 온도 조절기는

우리의 계절을 조절하지 못한다

팔에 대롱대롱 매달린 통장은 싫어

싫어진 오늘로 담장을 세운다
어쭙잖은 고백이 군데군데 말을 걸어서
간지러운 대답만 겨우 담을 넘는다

담을 넘은 대답은 어디선가 다시 버려진다

고개를 꺾고 담장에 기댄다

아궁이에게 안부를 물었다

우리 불꽃이 튄 적이 언제였지
사타구니를 벌리고 앉아 생각한다

어느 날엔 부드러운 생솔가지처럼 맵기만 했고
잘 마른 짚 더미처럼 순식간에 맹렬했다
맹렬하지 않으면 밑불마저 꺼져버릴 것 같아
너에게서 들어오는 모든 것들을 태워버렸다

피곤하다는 이유로 우리는
조금씩 공손해졌고 더 공손해졌다
이제 심장에 좋은 이야기들만 살아남았고
복용법을 이해하기 시작했다

군불을 지핀 적이 언제였지
아궁이 앞에 모여
누군가 물었을 때
한참을 가벼운 답장으로 따뜻해졌다

이제 남은 건 답장뿐인가?

아궁이에게 안부를 묻고
나머지 책을 던져 넣었다
책이 조심스럽게 타들어갔다

커터

선을 하나 그었다

선의 중심은 선

나뉜 게 아니라 선이 생겼다

점점 커지는 선의 영역

선이 나를 밀어냈다

둥둥

허우적거리는
사랑에서 힘을 뺀다
가라앉는 게 두려웠는데
힘을 빼자
오롯이 떠오른
한 사람

둥둥

사랑은 빠지는 게 아니라
뜨는 거라고
사랑에
눈
뜬다

광장으로 걸어가기

최종환

1. (불)가능한 여행

이인호 시인의 『이별 후에 동네 한 바퀴』에는 영화 〈패신저스〉(2016)의 한 장면을 연상시키는 페이지들이 존재한다. 〈패신저스〉의 주인공은 동면 캡슐 오작동으로 인해 엉겁결에 깨어난다. 두려워진 그는 캡슐에 다시 들어가려 하지만 실패한다. 목적지인 '홈스테드 2 행성'까지 90년이 남았음을 알게 된 그는 캡슐 안에서 동면 중이던 한 여자 승객을 깨운다. 그리고 그녀와 이후의 일상을 함께 해나간다. 자기 의도와 무관하게 깨어난 사실을 알게 된 그녀는 주인공을 혐오한다. 그러나 때로 자신을 위해 목숨도 마다 않는 주인공을 보며 사랑을 키워간다. 그러던 중 냉동 수면이 다시 가능해지는 상황이 오게 되지만, 둘은 우주선에 그대로 남기를 선택한다. 세월이 흘러 동면자들이 깨어나 행성에 도착하지만, 두 사람은 그

어떤 장면에도 보이지 않는다. 시신의 몸으로 행성에 들어갔을 것이다. 그렇다면 두 사람은 그 행성에 다른 동면자보다 늦게 도착한 걸까. 아니면 먼저 도착한 걸까?

『이별 후에 동네 한 바퀴』에는 위와 같은 우주적 여로가 좀 더 극적으로 펼쳐진다. 이 상상력은 이인호 시인의 1시집[1]에서 싹튼 것이기도 했다. 가령 「반구대 암각화—흔적 4」에서 과일을 싣고 도로를 달리며, 고래의 울음소리를 내던 트럭이 그것이다. 그 트럭은 옮겨 다니던 장터를 바다로 바꿔버렸다. 트럭 운전사의 머리에서는 바닷물이 솟구쳤다. 이 논리라면 그 도로야말로 홈스테드 2 행성으로 가던 그 우주선 자체는 아니었겠는가. 1시집의 이정표에는 '당신'이라는 표현이 자주 엿보였다. 이 시집의 상황도 다르지 않다. 맹문재는 이인호의 1시집의 해설에서 '당신'의 각별한 의미에 대해 언급한 바 있다. 그리고 시인이 그리워하는 '당신'이 마냥 아름답게 그려진 것만은 아니라는 사실[2]도 지적한 바 있다. 이 지적은 이인호 시의 뇌관에 다가서는 것으로서, 본 논의를 펴는 데 주요한 참조점이 돼준다. 이번 시집에서 이인호 시인은 그런 당신이 거하는 '행성 X'로 향하고 있다.

---

1 이인호, 『불가능을 검색한다』, 푸른사상사, 2018.

2 맹문재, 「'당신'의 시학」, 위의 책, 143~144쪽.

2. '당신' 이라는 폭우

어젯밤 폭우로 당신에게 가는 길이 사라졌다
다행이라고
조금씩 지쳐가는 중이었는데
빈 메아리처럼 재난 문자가 울렸다

때늦은 흉터를 드러내는 자작나무 숲에서
당신은 빗물을 쓰다듬었다

사람들은 폭우가 할퀴고 갔다고 했다
난 당신이 다녀갔다고 했다

빗속에 남겨진다는 건
빗줄기를 가지는 거라고

우린 축축한 꿈에서 깨어나
물웅덩이에 비친 우주의 귀퉁이를 보았다

우리는 태초의 폭발로부터 얼마나 멀어졌을까?

난 아직도 이해하는 중이다
모든 일에는 목적이 있다는 오해

사라진 길은 곧 이어질 테고
나도 무작정 당신에게 가보는 중이다

—「폭우」 전문

〈패신저스〉의 주인공이 캡슐에서 깨어나 우주를 보던 것처럼, 「폭우」의 화자도 "물웅덩이에 비친 우주의 귀퉁이"를 본다. "당신"이 우주 어딘가에 있어줄 거라 믿는 것이다. 그러나 "당신"은 어디서도 나타나지 않는다. 둘 사이에 있어줘야 할 길이 끊겼기 때문이다. 뭔가 이상해진 화자는, 처음의 자리에서 "얼마나 멀어졌을까?"라고 묻는다. 그런 화자 앞으로 "폭우"가 퍼붓는다. 그 세찬 비는 "모든 일에는 목적이 있다는" 화자의 믿음을 일소시킨다. 그런 신념이 사라지면서 화자는 비로소 그 폭우 안으로 들어간다. 그때 자신에게 내리는 "빗물을 쓰다듬"을 수 있게 된다. 순간 "사라진 길은 곧 이어"지고 화자는 "무작정 당신에게" 걸어갈 동력을 얻는다. "폭우가 할퀴고" 간 곳이 "당신이 다녀"간 곳과 같아지는 틈새. 그 지점이 이인호 시인에게는 '행선지'다. 그의 시는 이 간극을 향하는 여로로 보인다.

그러나 그를 괴롭히는 것 또한 간극이다. 그간 이인호 시인은 '당신'의 꼬리표가 달라붙은 길 위를 걸어왔다. 하지만 걸을수록 문제만 커진다. 2시집에 나타나는 길을 보면—1시집은 저리 가라 할 정도로—여기저기 틈투성이다. '당신'은 그 '틈'이 메워진 자리에 나타나지 않는다. 그사이로만 얼비친다. "당신 곁엔 항상/틈이 있다/나는 어색한 모습으로/틈에 틈을 넣어/틈을 메웠다//그만큼//다시 틈이 생겼다"(「지독한 사랑」)라는 고백도 그것이다. 화자는 혼란해지는 것이다. 처음 걷기로 작정했던 이유부터가 떠오르지 않는다. '당신'을 만나려 걸었던 건지, 잊으려 걸었던 건지 말이다. 한 가지 느낌이 다가온다. 만나야만 한다면, 그 길의 모호한 얼굴을 보아야 한다는 것. 화자 자신과는 다르게 흘러가는 타자의 시간을 이해해야 한다는 느낌 말이다("틈의 시간은 다르게 흐릅니다", 「아무도 해치지 않는 저녁」).

3. 기슭의 페이지

1시집에서 이인호 시인은 검색되지 않는 '당신'에 대해 이야기하곤 했다. 이번 시집은 그 이유에 대해 좀 더 자세히 말해주고 있는 느낌이다. 살펴본 「지독한 사랑」에서 "당신"은 화자 앞에서 메워지거나 드러나는 그런 간극이 아니었던가? 이인호 시인에게 그 '간극'은 '모퉁이'의 다른 이름이기도 하다. 그 '모퉁이'는 '모퉁이'이면서 벽의 '앞면'을 뜻하는 이중의 위상을 지닌다. 맹문재도 지적했듯, 이인호 시에서 "'정면'과 '모퉁이'는 분리되는 것이 아니라 함께 길을 형성하는 요소"[3]로 드러나고 있기 때문이다. 이번 시집에서 그 '간극'은 '기슭'으로도 그려진다. '당신'은 숲의 어느 기슭에 푸르게 서 있다. 강섶에서 떠오르는 것이다.

「기슭이라는 페이지」에서 화자는 어느 강가에서 시체처럼 떠오르는 '당신'을 본다. 이 시에서 당신은 "난민"의 몸으로 출현한다. 그들은 그간 "이름도 없이 숫자로 기억된" 자이거나 이 세계의 "사전의 가장자리에 엎드려 있"는, 그래서 "사전을 가지지 못한 단어"와 다르지 않다. 분명히 이곳에 살아 있지만, 송곳 하나

---

3 맹문재, 위의 글, 위의 책, 157쪽.

꽃을 땅조차 주어지지 않는다. 그들은 "죽어야 물 위로 떠오르는" 자, 헐벗고 배고파 "가장 적나라한 단어"로 던져진 존재인 것이다. 세상의 "기슭"에서만 발견되는 이러한 타자를 화자는 왜 그토록 만나려 하는가. 그를 만날 때, 그 자신이 걸어온 길을 되돌아볼 수 있기 때문이다. 이 방법은 '당신'과 제대로 만나는 일일 수 있다. 그렇다면 이인호 시에서의 '만남'이란 무엇일까? 무엇을 향하는 사건인가?

공중을 맴돌던 비행기
멀리 돌아도 공항은
항구를 벗어나지 못하는구나
그럼 이제

고향은 누가 돌아가나

다시 떠나기 위해
우린 바쁘고
우린 훌 날아가기 위해 바쁘고

떠나가 버린 고향은 누가 돌아가나

의자가 없는 버스를 타면
보딩은 매일 주워야 하는 배웅

여름 철새가 겨울 철새에게
편도 티켓을 양보하며 사라지듯

보딩 없이 떠난 남해에선 바다가 활주로였어

…(중략)…

우린 어제 떴는데 언제 착륙하지

다 치우면 다 꺼내면 부웅 날아가는 건
물새 떼
퍼덕거리며 끼륵끼륵 소리 지르며

—「비행기는 날기 위해 바쁘고」 부분

「비행기는 날기 위해 바쁘고」는 '이정표'에 대한 시이다. '이정표' 하면 공항만 한 데가 없다. 이인호 시인은 이정표 자체를 부정하지 않는다. 문제는 그게 생각만큼 쓸모 있지 않다는 데 있다. 시인은 가려는 목적지를 괄호에 넣고 "비행기"에 탑승한다. 이런 사람에게 이정표 따위를 살필 이유가 있을 리 없다. 그는 비행기의 엔진이 돌아갈 때부터 이상한 기운을 직감한다. 이륙할 때와 착륙할 때를 구분하지 못하는 비행기가 공중에 떠 있기 때문이다. 영화 〈패신저스〉의 주인공이 '홈스테드 2 행성'에 도착할 시일을 물었던 것처럼, 화자도 "우린 어제 떴는데 언제 착륙하지"라며 묻는다. 그런데 이 비행기는 착륙 따위에는 관심조차 없다. 온통 날아다니는 것에 미쳐 있기 때문이다. 탑승자들은, 그리고 화자는 고향으로 돌아가지 못할까 봐 두려워진다. 그런데 이 비행기는 그런 걱정을 무의미하게 만든다. 늘 고향으로 돌아가고 있(었)기 때문이다. 화자는 탑승한 적 없이 하늘을 날았다. 비행기는 처음부터 고향 "항구"의 활주로 위에서만 날았기 때문이다. 그리고 그 활주로의 이름은 '나'였다. "내 고향은 나라서/나를 벗어나 본 적이 없는 나는/한 번도 고향을 떠나본 적이 없"(「반의반」)기 때문이다.

4. 화석의 사랑

이정표를 향한 '도정'을 '목적지'로 뒤집는 것은 요즘 젊은 시인들의 주특기다. 문제는 이러한 정신분석학적 역설을 얼마나 온몸으로 살아냈느냐다. 이번 시집에서 이인호 시인은 '당신' 쪽으로 이어지는 길에 투신한다. 아울러 그 길의 이정표를 누가 만들었고, 그게 누구 대본이었는지도 아프게 묻는다. 이는 '당신'의 기원에 대한 수소문으로 이어진다.

한참을 걷는다
걷는 것이 오래된 건지
한참을 오래 한 건지
당신이 없다는 걸
뒤꿈치가 저릿저릿해서야 느낀다

한참은 뒤꿈치가 저릴 만큼,
뒤꿈치가 저린 당신을
꾸욱 눌러 돌리면
한참이 움푹 들어간다

그렇게 눌린 자국이 화석이 되면

다시 당신을 손에 놓고 생각한다

손에 쥔 당신이 조금씩 살을 파고든다
수줍게 받아쓰기를 하던 버릇이 남아
정말 꼼꼼하게 당신을 적는다

손을 잡고 걷다 보면 때로
당신을 잊는다
잊은 당신이 손금으로 남는다

—「화석 연대기」 전문

「화석 연대기」에서 화자는 "당신"의 부재를 직감한다. "당신이 없다는 걸/뒤꿈치가 저릿저릿해서야" 알게 된 것이다. "걷는 것이 오래된 건지/한참을 오래 한 건지"라고 말하며 화자는 존재하는 듯 안 하는 듯 느껴지는 화석의 시간 안으로 들어간다. 그것은 오므릴 때 나타나고 펼 때 사라지는 "손금"을 닮아 있다. 이 모호한 손금의 시간은 쌓이고 쌓여 "화석 연대기"로 남은 사랑의 시간이다. 손금이 나타나고 사라지는 이러한 사태를 시인은 '밸런스 게임'을 할 때의 느낌에 비유한다. 사랑에는 균형이나 조정이 요구된다는 것이다. 이인호 시인은 자신의 사랑이 '아름다운 화석'이 되도록 균형을 잡을 줄도 아는 시인이다. 사랑의 환상이 하나의 무의미한 돌덩이의 실재(the Real)로 굳지 않도록 환상의 간극을 조정하기 때문이다.[4] 화자가 "왼손과 오른손을 가지고/누군가 옵니

4 맹정현, 『리비돌로지』, 문학과지성사, 2009, 69~70쪽 참조.

다/당신인가요?"(「밸런스 게임」)라고 묻는 이유도 그 조정 과정에서 출몰하는 '당신'의 사랑 때문이다. 하지만 이때조차도 '당신'은 화자를 선뜻 만나주지 않는다.

> 잃었습니다
> 두고두고 지키던
> 그 집
> 갈 것은 그만 가버리고
>
> 가버리고 나면 날개는 어쩌지
>
> 약간 그런 생각이 들어
> 앞에 있습니다
>
> 앞을 놓고 보면
> 영영
> 없어지지 않는 주소로 남은 사람
>
> 수백 번을 고쳐 쓴 편지는 울타리
> 너머의 문장들이 엉켜서 넝쿨이 됩니다
>
> —「그 집 앞」 부분

화자는 없어져버린 "당신"을 만나려고 서성인다. 그래도 만날 수 없으니 "편지"를 쓴다. 소중한 존재에게 "수백 번을 고쳐 쓴 편지"는 힘이 들어가기 십상이다. 한 말을 또 하고 또 하는 그 편지는 "넝쿨"처럼 변해버린다. 넝쿨은 틈새다. 무질서한 틈으로 바글

바글해진 넝쿨 글자가 편지 내용을 온통 덮는다. 당신이 그것을 읽을 리 없다. 이 세상 "너머의 문장"으로 가득한 편지는 결국 당신과 만나지 못한다. 하지만 자세히 보니 그 문장은 화자의 파닥이던 "날개"와 닮아 있다. 하늘을 바쁘게 날던 미친 비행기. 착륙 따위는 아랑곳하지 않고 하늘을 돌던, 그러면서 늘 고향에 착륙하던 비행기를 화자 자신이 계속 보내고 있었던 것이다. 그렇다면 그 편지는 걱정할 겨를도 없이 '당신'에게 한참 전에 도달했을 것이다.

편지 내용을 이해해줬을 '당신'이 화자에게 손을 건넨다. 그때 화자는 '당신'이 자신에게 내민 그 손이란 게 당신 것이 아닐 수도 있음을 예감한다("당신 손을 쥐려다/그만 가을바람이 옷깃을 잡아/비틀거리는 갈대를 쥐었지요", 「초신성에서 보낸 구조신호」). 전날 '당신'의 자리에서 들려오던 목소리가 어쩌면 자신의 날갯소리였을지도 모른다는 직감이다. 그러나 화자는 바로 그럴 때만 '당신'이 자기 옆에 가까이 다가왔음을 느낀다. 그것은 '당신'이라는 행선지를 자꾸 비켜 나갔기에 '당신'에게 편지를 쓰고 또 써댄 자신의 손 그것이다. 충동 속에서 달성되는 목적은 그에 도달하는 게 아니라 주위를 도는 것이라고 한 라캉[5]의 관점을 되짚는다면, 이인호 시인은 '당신'을 향해 편지를 계속 보내며 그 주위를 돌았던 것이다.

5 슬라보예 지젝, 『시차적 관점』, 김서영 역, 마티, 2009, 132쪽.

5. 광장으로 걸어가기

> 넌 어디를 두고 떠나왔니?
> 광장은 낯선 나라의 말로 가득합니다만
> 이 말은 여전히 이해하는 중입니다
>
> —「파도 난민」 부분

이인호의 시에서 화자와 '당신'은 서로를 향한 "난민"이다. 둘은 서로의 주위를 계속 빙빙 돌며 "파도"친다. 그 방식으로 부대끼며 친밀해진다. 이런 사랑은 서로의 이해 불가능성을 전진(前進)의 동력으로 만든다. 서로의 넝쿨이 되게 한다. 넝쿨은 서로의 '기슭'을 감으며 오른다. 기슭은 또 다른 기슭을 만나며 흘러넘친다. 이인호 시인은 「파도 난민」을 통해 이 흘러넘침의 "광장"을 암시한다. 이곳에서는 누구라도 자신을 흘려보내는 방법으로 상대방을 만날 수 있다.("결국 우리는 우리에게서 흘러나가고 있어요", 「아인슈타인에게 보내는 농담 1」) 이런 타자의 광장에서는 '나'마저 타자다. 이인호 시인은 이번 시집에서도 낯선 타자에게 가는 길에 붙어 온 익숙한 이정표를 떼어버린다. 그 과정에서 나타날 수밖에 없는 물음표를 한사코 "이해"하려 한다. 그렇게 나타난 물음표가 모여 타자들의 다채로운 얼굴로 나타나기를 바라고 있다. 이 광장에는 캄캄해질 때 서로에게 누구보다 빨리 도착하는 길이 있다.

앞서 본 「비행기는 날기 위해 바쁘고」에서 화자는 "고향은 누가 돌아가나"라고 물었다. 이인호 시인에게 돌아가야 할 고향은 낯선 넝쿨들이 기슭들을 만들어 '우리'의 마당을 일구는 곳이다. 그는 처음부터 그 마당을 떠나려 한 적이 없었을 것으로 추정되는 바, 돌아가야 할 고향이 없었을지 모른다. 이인호 시인에게 고향은 낯선 말들로 가득한 미지의 항구다. 여전히 시인은 그런 장소를 '당신'이라 말하고 있다. 앞서 강조했듯, 정신분석학적 전망에서 이는 당신을 향한 길을 나에게 묻는 일과 다르지 않다. 〈패신저스〉의 주인공이 자신을 실은 우주선이 목적지로 변하는 것을 보았듯이, 시인 이인호도 목적지로 걸어가다가 마주친 타자의 광장이 결단 속에서 하나의 목적지로 변하는 것을 목도한 것이다. 이후 나올 시집에서는 그가 어떤 행성에 도착할지 궁금해진다.

崔鍾桓 | 문학평론가

푸른사상 시선

1 광장으로 가는 길 | 이은봉 · 맹문재 엮음
2 오두막 황제 | 조재훈
3 첫눈 아침 | 이은봉
4 어쩌다가 도둑이 되었나요 | 이봉형
5 귀뚜라미 생포 작전 | 정원도
6 파랑도에 빠지다 | 심인숙
7 지붕의 등뼈 | 박승민
8 살찐 슬픔으로 돌아다니다 | 송유미
9 나를 두고 왔다 | 신승우
10 거룩한 그물 | 조항록
11 어둠의 얼굴 | 김석환
12 영화처럼 | 최희철
13 나는 너를 닮고 | 이선형
14 철새의 일인칭 | 서상규
15 죽은 물푸레나무에 대한 기억 | 권진희
16 봄에 덧나다 | 조혜영
17 무인 등대에서 휘파람 | 심창만
18 물결무늬 손뼈 화석 | 이종섶
19 맨드라미 꽃눈 | 김화정
20 그때 나는 학교에 있었다 | 박영희
21 달함지 | 이종수
22 수선집 근처 | 전다형
23 족보 | 이한걸
24 부평 4공단 여공 | 정세훈
25 음표들의 집 | 최기순
26 나는 지금 운전 중 | 윤석산
27 카페, 가난한 비 | 박석준
28 아내의 수사법 | 권혁소
29 그리움에는 바퀴가 달려 있다 | 김광렬
30 올랜도 간다 | 한혜영
31 오래된 숯가마 | 홍성운
32 엄마, 엄마들 | 성향숙
33 기룬 어린 양들 | 맹문재
34 반국 노래자랑 | 정춘근
35 여우비 간다 | 정진경
36 목련 미용실 | 이순주
37 세상을 박음질하다 | 정연홍
38 나는 지금 외출 중 | 문영규
39 안녕, 딜레마 | 정운희
40 미안하다 | 육봉수
41 엄마의 연애 | 유희주
42 외포리의 갈매기 | 강 민
43 기차 아래 사랑법 | 박관서
44 괜찮아 | 최은묵
45 우리집에 왜 왔니? | 박미라
46 달팽이 뿔 | 김준태
47 세온도를 그리다 | 정선호
48 너덜겅 편지 | 김 완
49 찬란한 봄날 | 김유섭
50 웃기는 짬뽕 | 신미균
51 일인분이 일인분에게 | 김은정
52 진뫼로 간다 | 김도수
53 터무니 있다 | 오승철
54 바람의 구문론 | 이종섶
55 나는 나의 어머니가 되어 | 고현혜
56 천만년이 내린다 | 유승도
57 우포늪 | 손남숙
58 봄들에서 | 정일남
59 사람이나 꽃이나 | 채상근
60 서리꽃은 왜 유리창에 피는가 | 임 윤
61 마당 깊은 꽃집 | 이주희
62 모래 마을에서 | 김광렬
63 나는 소금쟁이다 | 조계숙
64 역사를 외다 | 윤기묵
65 돌의 연가 | 김석환
66 숲 거울 | 차옥혜
67 마네킹도 옷을 갈아입는다 | 정대호
68 별자리 | 박경조
69 눈물도 때로는 희망 | 조선남
70 슬픈 레미콘 | 조 원
71 여기 아닌 곳 | 조항록
72 고래는 왜 강에서 죽었을까 | 제리안

이별 후에 동네 한 바퀴

이인호 시집